Für:

... DEIN LIEBLINGSLIED IM RADIO

... DASS SICH DEINE KOPFHÖRER NICHT VERKNOTEN

... EINE NEUE STAFFEL DEINER LIEBLINGSSERIE

... DASS ANDERE ÜBER DEINE WITZE LACHEN

... DASS DU EINEN GELDSCHEIN IN DEINER HOSENTASCHE FINDEST

... EINEN TRAUM, IN DEM DU FLIEGEN KANNST

... IMMER EINE HELFENDE HAND

... EINEN ANGENEHMEN OHRWURM

... DASS DICH KEINER BEIM POPELN ERWISCHT

... EIN ROYAL FLUSH BEIM POKER

... IMMER JEMANDEN ZUM ZUHÖREN

... EIN KOMPLIMENT VON EINEM FREMDEN

... DASS DICH KEINER HÄNGEN LÄSST

... GELASSENHEIT

... DASS DU IMMER NEUGIERIG BLEIBST

... GUTE IDEEN

© 2013 Lappan Verlag GmbH
Postfach 3407, 26024 Oldenburg
www.lappan.de

Idee und Illustrationen:
Miguel Fernandez
www.gegen-den-strich.com

Herstellung: Ulrike Boekhoff
Printed in Italy
ISBN 978-3-8303-4304-2

Der Lappan Verlag ist ein Unternehmen
der Verlagsgruppe Ueberreuter.